歌集

渓のせせらぎ

川島英子

砂子屋書房

＊目　次

装本・倉本　修

歌集　渓のせせらぎ

高原にわく

腰までも伸びたる夏草やせ細り秋さる風に穂綿をゆかす

キャンプ客去りたる野登呂《のとろ》の沢の辺に星屑のごとくウメバチサウが

渦巻きて淵に落ちゆくもみぢ葉の沈みて浮きてやがて流るる

赤松の影おく芝の日溜りに命のリレーぞ小虫わき立つ

「良かつたね、今日も元気で」母さんの銀の尻尾が夕日にゆれる

コスモスの祭りの売店空き缶に百円玉の落ちる音響く

何処《いづく》より来りし鶏《とり》か門先に一宿一飯卵ひとつおく

池の面に秋の日たゆたふ起雲閣《きうんかく》にペンを握りて文豪ら呻きし

ほろほろと山茶花咲き初むる庭に聞く転勤知らせる息子の電話

秋雨に柳烟らふ松川を東海館ゆ三味の音渡る

城が崎の荒磯《ありそ》を洗ふ波しぶき「泣くだけ泣けば明日は晴れる」

お伊勢参り

天つ風伊勢の斎庭にかかる虹雨後の大気の粒子日に照る

万象をあまねく照らす大神のお御籤ひらけば「待て、待て。急ぐな」と

川となる父母との旅寝の夢に覚め興玉神社《おきたまじんじゃ》に妹と手を打つ

朝の日に耀ふさざ波分け行けば舳先《へさき》に鷗の羽根が舞ふなり

冬ざれの吉井の川に同居する鴨の母子のさざ波に映ゆ

バイキングをすすめる皿に吐息する母の余命の一年と知らざりき

「父さんも来ればよかつた」そればかり言ひゐし母は土産選《よ》れざりき

ふうふうとココアのカップに暖をとる茶房の母に紅葉しぐれけり

怒つたり哀しんだりの彼《か》の日日よ芒白金せつなく胸うつ

城址の動物園

オレンジのとさか掲げてよたよたとガチョウの一羽がだみ声響かす

城址《しろあと》の動物園に獣《けもの》見えず独居のアナグマ鳥らと暮らす

仲間らは心に棲むや檻の中ぐるぐる廻るアナグマ一匹

藤蔓の枝大蛇《おろち》めき空高く天網恢《てんまうくわい》　恢《くわい》その芽角ぐむ

櫻吹雪

投げ捨てし錦の帯や吉井川鶴山《かくざん》城址ゆ佐保姫舞ふも

額の上《へ》に手窪の中に降る花の肌に冷たき涙くれなゐ

いにしへもかくのごときや花の宴花の木下に影の淋しゐ

日輪を回る惑星いく周《まは》り花にもの思《も》ふ春は経につつ

春雨の山なみ貫く旭川煙る櫻が「命」を主張す

川の面の雨の斑紋きらきらとジンベエザメかまぼろしの影

さ緑に萌えたつ傾《なだ》り絹糸の雨に躑躅のくれなゐが燃ゆ

同窓会に

半世紀へて開きたる同窓会「だあれが生徒か先生か」

白髪も皺も生きこし勲章と肩書き外せる安けさに集ふ

五十年の歳月が見する変貌も宴のすすめば面影戻る

中年に幼なの面影手繰りつつあつちもこつちも初恋語る

六十も半ばとなればみんな美女　美女の一団カメラに笑まふ

睡蓮の浮き葉の間に緋のゆれて苦き傷口ぱつくりと開く

「ちつちやくて、かはいかつた」とわれを言ふ彼は女孫の写し絵見せて

動物園に

二十年ぶりに訪ひたる象のメリーちゃん同じ獣舎ゆ鼻が餌を乞ふ

生れたてのひよこの温み包むとき向かひの坊やの目が語りくる

餌を待つ獣舎の獣《けもの》の声やさし飼育係が夕日背に来る

黄砂舞ふ獣園の空に首かしげ駱駝は長き睫毛ふるはす

霧雨に烟る若葉の山傾り雪洞のごと石楠花点る

若葉雨に濡るる緋牡丹盛り過ぎ深むくれなゐ白露宿す

幽寂の深山《み》を覆ふ霧深み何処ともなく鶯の声

深山辺の植物園

深山辺の植物園の白牡丹無常の憂き世に黄の蕊にほふ

はしきやし花房かほる藤棚のあひの青空燕がよぎる

茂りゆく青葉の狭間のひとところ異界の戸口か葉のゆれやまぬ

野いばらの白き花弁のきらきらし羽音幽く花虻が飛ぶ

初夏《はつなつ》のひかり貫く玉水やみどりの風が寄せる絹襞

しみみにも散り敷く櫻の絨毯に葉影が映す面影の花

白金に光り泡立つヒメヂョヨン車のおこす風に波うつ

湯にをどる朱夏の光炎めらめらと露天の湯舟の寂寥《せきれう》洗ふ

雑木木の昏く茂るを越えて来る盛夏の風が葛を遊ばす

蟬しぐれ沁み入る山の湯のしじまころころのどかに幼な子の声

打ちつけにかぜのと遠く不如帰山の岨道《そば》撫子ゆれる

風たつ山里に

山里に秋来にけらし朝霧の谷に草刈る音の騒《さわ》立つ

青空に烟《けぶ》らふやうに咲く合歓の花のあはひを飛び交ふ揚げ羽

葦の間の青空映す川の面を押したり引いたり行合の雲

山道の左右の車窓に萩と蕎麦父母偲びつつ妹とめぐる

妹と湯舟に黙し何となく望む蒼穹雲の通ひ路

なんとなくうつつ儚《はかな》み出でし野の古墳の丘に降る日燦燦

十八の古墳廻れば古代人の松明かとも曼珠沙華燃ゆ

竪穴の住居は狭し真ん中の焚火囲みし家族を思ふ

蒜山《ひるぜん》の風にゆれゐる吾亦紅母の面影ふいにたちくる

村人揃ふ旅

晩秋《おそあき》のひと日を村人揃ふ旅もみづる山野に雨後の霧たつ

朝霧に濡るる緑のひつぢ田を光となりて鴉群れ飛ぶ

ひさかたの小春の空に大いちやう九百年の金色《こんじき》かかぐ

若杉の並み立つ峠の草もみぢ分けて渓水ひかりをまとふ

いや清《すが》し原生林のせせらぎのその鎮もりに心あらはれる

雑踏のビルを地下へと駆けにつつふと歩を止めたり何に急《せ》くやと

午後五時の後楽園の芝苑の右手《めて》に落日左手《ゆんで》に夕月《ゆづき》

夕ぐれの池の鏡をうちつけに飛び立つ鴨の飛沫きらめく

川にそひゆく

亡き母の在所の町を行きゆけばをりをりの母が川面に山に

幼な日のままに神庭《かんば》の鯉の磐瀑布ものかは飛沫をくぐる

いく星霜めぐる滝水変はらねど共に見し人逝きて帰らず

晩秋の滝のをちこち猿の群れ夫婦親子の毛づくろひする

雪壁のはさむ山路の青空をこぼるる細氷《さいひょう》微塵のひかり

積雪を測るポールの赤き先が指針のごとく迷路を導く

はつか覗くミラーは写す森閑と雪に潜まる赤和瀬の渓を

雲脚の疾《と》く刻刻と雪原に移ろふ木木の寒のうすかげ

雪の上に半身のぞかす櫻木の下枝《しづえ》の息吹かすかにけむる

すつぽりと雪に埋もるる村里を「ここよ」とさけぶ山茶花の紅

手の平の雪玉そつと放つ湯にざらつく胸の氷塊くづるる

雪掻きに追はるる翁がふり仰ぐ花知《はなち》が山《せん》の風に舞ふ雪

春寒の苑

春寒《はるさむ》の風に襞波よする島松のみどりが白砂に映ゆ

芝焼きに黒一色となる苑にぼんぼり点るやうな梅林

さみどりの苔の上なる白椿にほふ黄の蕊師の影たたす

たをやかに黒き細首反らしつつま白き丹頂鶴《たんちょう》夕靄をゆく

としどしにかなしみ深み萎えさうな心を放つ湖畔の雪原

クレバスの底ゆく青きせせらぎが春のことぶれと足裏《あうら》に伝ふ

重機もて潰されしさまのかたかごの葉も息づきぬ雪消の原に

強霜《こはじも》の朝を角ぐむ福寿草夢はソドレミ寒風にとぐ

ぺきぺきと涙はガラスこはれ散るきさらぎの空にトランペット冴ゆ

梅の里

震災の憂ひのしまくこの春を変はらず咲きたる梅林をゆく

枝垂れたる梅のつぼみの玉すだれ間《あはひ》の空の山なみ淡し

朱鷺色の梅はんなりと二つ三つ芽吹きの山の春の気を吸ふ

寒空に幟はためく梅の里胸裡くすぶる三陸の惨

会ひたいと思ふ人ある幸せをかみしめ巡る梅の里園

百年の古屋に生きて死にしものら炙り絵のごと月光にたつ

音もたてず丸き目ん玉細き目ののぞく向からは闇なる黄泉か

望月の庭に出づれば海底のしじまをコツコツ過去が歩み来

海底ゆ仰ぐ蒼穹魚星にそそぐ清流未来永劫

雪解けの山

悠久の時をたたふる恩原湖《おんばらこ》しじまをひと声うぐひす渡る

山の田の岸に縞なす残雪に芒の枯れ穂の影あたたかし

をちこちに野焼きのけむり漂ふる渓の社《やしろ》の神事の人の輪

やうやくに根雪解けたる山肌に斑《はだれ》と見紛ふタムシバ輝く

鶴山城址の夜櫻

たわたわと櫻薄墨夕映えの石垣のへに花鞠かかぐ

鶴山《かくざん》の城の石垣上りゆけば花の櫓ゆ夕べ の鐘の音

本丸ゆ望む城下むらさきにけぶる山なみ夕月の浮く

黄に紅に萌えそむる楓はねずいろのうつろひ易き世の風にひそむ

せせらぎに翡翠《かはせみ》もどりたる古里を老人ばかりが耕運機駆る

原発の事故に不穏な列島へ燕帰り来て巣作り始む

ころころとふ沢音たどれば峠路に白妙五段の飛泉がのぞく

水無月の白花さはなる林間を田植ゑ花とふ空木《うつぎ》が足す紅

車より出づればひと声郭公が縹《はなだ》の空に気鬱をとばす

不如帰、鶯、郭公わたる空刈り干し草に寝ころび仰ぐ

梅雨晴の空ゆく雲に父がたち母たち祖母たち童にかへす

杜若むらさきにほふ池の道蜻蛉のひかりが馬の背に飛ぶ

おわら風の盆

哀惜の風におわらの踊り衆雲間の月の諏訪《すは》通りゆく

深編みの傘にかくるる女男《めを》の連黄泉なる人もおわら、おわらと

雪洞の明かりにしのぶ面影の盆の逢ふ瀬や深編傘に

三味《しやみ》の音のかすかに流るる茶屋町に紫苑ひとむら小雨にけむる

木虫籠《きむすこ》の弁柄格子の薄明かり楓青葉の屏風にかげさす

イーハトーブゆく

トンネルの半円の宇宙すぢ雲とイーハトーブへわが銀河鉄道

おしら様・おくなひ様に座敷わらし遠野の障子の灯影にゆれる

時雨ふる河童淵辺の祠なる乳房にそつと手を合はせゆく

ひとりの旅

さびしさやひとりの旅の宿の窓町の灯にふる雨を見てをり

奥飛騨の旅路に雨の音聞けばはるけき人に会ひたさつのる

バッグより取り出す扇子母の名が「独りぢやないよ」と旅を共にす

苔むせる合掌造りの藁屋根に錆びたる矢車カラカラ回る

亡き友の故郷《ふるさと》に来て時雨ふる車窓の野菊におもかげ重ぬ

丹後路のはての網野の浦に寄する夕日の襞波しらすなにちる

浦島の伝説聞きつつ外《と》つ国《くに》の芥ただよふ入江をながむ

山里は初冬の気配取り入れのすみたる野面《のもせ》を柿の実ひかる

梟の声

雪にうもるる白樺林の木の肌は雲のままなり照りまた翳る

雪を積む湖にのぞく薄ら氷《ひ》を翡翠のいろの水動く見ゆ

雪解けの沢音とよもす岩の上《へ》を命の温みの足跡つづく

雪崩れたる土手の傾りの若草を顔だし息づくあまたの土筆

ずり落ちる布団まさぐるあかときの背戸にほのぼの梟の声

雪明りの障子をよぎる鳥の影声はづませて児童の列ゆく

雪解けの石垣の隅五センチの背を伸ばしをり黄水仙ひとつ

雪消の赤和瀬

春さむの濃霧にけむる赤和瀬《あかわせ》の雪の野面《のもせ》に黙《もだ》の雨ふる

幾重にも層なす根雪の切り岸をしぶく沢水湯気のほのたつ

木木の間の白さ際立つ残雪を弾き柳のさみどりの立つ

うす絹の雲たちのぼる山の背を鳥の隊列北をさしゆく

小雨にもおくせず滑るスキーヤーの色とりどりがシュプール描く

同期の宴

おぼおぼと芽吹く山なみ眺めつつ青春の日の城址をあゆむ

満開の櫻の城址に五十年の歳月もちよる同期の宴

晴明の海のやうなる中空に泡立ちて咲く城址の櫻

黄の色は幸せの色菜の花のひとつひとつが夕日に笑まふ

五十年の時へだてたるかんばせも語らふうちに乙女にもどる

学び舎《や》の窓辺にたわたわゆれてゐし櫻を城址の夕影にあふぐ

目の合へば十七歳のままの目が「会へて嬉し」とシャッターをきる

クラス会の帰り道辺のウインドー背筋と腰をしやんと伸ばしみる

野焼きの炎に

胸裡に面影かへし詫びにつつ炎這ひゆく高原をゆく

焼け残る芒の根株にはや角ぐむ春のきざしのみどり胸うつ

トラクターの耕す原の青空を幟の鯉の色鮮《あざ》らけし

くろぐろと焼けたる素肌の高原に風変はるらし雨の香ふふむ

入院の父にそひねの夜の明けの静寂《しじま》に一声鶯わたりけり

めらめらと野焼きの炎這ふ丘を雪の大山神さびて立つ

五月の森に

白花の咲くかと見紛ふ森の木の芽吹く小枝を緑風わたる

虹の木とふ七色《なないろ》樫はこの年も変若《を》ち返り今少女の耀き

みどり児の握りこぶしの解《ほぐ》るがに樫やはやはと芽吹くさみどり

落葉松のきみどり芽吹く沢沿ひはいまだ浅春水芭蕉さく

斑《はだれ》なす葉漏れ日をどる川原にあふぐ藤房むらさき香る

作楽神社

白金の葉裏きらめく院庄《いんのしやう》高徳《たかのり》の碑に往時をしのぶ

葉漏れ日の斑《はだら》の境内歩みつつ「忠義櫻」の詩を口ずさむ

万緑の作楽神社の十字の碑つばくろ三つ四つ時空を翻《かへ》る

その時代時代の風に命かけ駆け抜けし人のあはれ短か世

遠足の彼《か》の日は遥か境内をかこむ木木の葉初夏の日に照る

六月の原生林の森林浴小鳥とせせらぎ薫風に憩ふ

トンと踏めばぽんと応ふる腐葉土の森のふところ笹百合にほふ

モモンガの爪痕のこる幹の空あを葉わか葉が光をむさぼる

磐の上にでんと尻おく大杉のゆるがぬ命の根は四方《よも》に張る

「ゆりかごの径」に再生祈る時ヘウモン蝶が草原をたつ

ひめぼたるの祭り

新庄のほたる祭りの道の駅序奏となりつつ蟬しぐれ降る

山村のほたる祭りのバーベキュー一期一会の焚き火を囲む

降るかとも星の煌めく山間《あひ》のひめぼたるの灯に心拍あがる

闇ふかき森に指揮者のゐるごとく螢の光の点滅そろふ

人里を離るる森のミラー・ボールひと夜の恋のほたる綾なす

流刑地を訪ふ

わが里の出雲街道行きしとふ二人の帝の流刑地を訪ふ

後鳥羽院和歌大会への船出なり台風十七号心して吹け

鮫の背を渡りて行くには遠遠し八十キロを隠岐へ汽船に

烏賊干しの竹くるくると回る浜に後醍醐脱出の伝承を聞く

後鳥羽院ねむる陵《みはか》を守るがに彼岸花むれあかあか燃ゆる

荒磯に寄せてくだける白波の母なる海を夕日が覆ふ

夕つ日に白波くだける国賀《くにが》海岸みどりの原に虫の音すだく

摩天涯《まてんがい》の鏡のやうな海の面《も》を夕日にかがやく観音の立つ

青空と紺碧の海潮の打つ赤壁《せきへき》断崖を牛かけ下る

わが行く手さへぎる子牛のまるき目に台風一過の隠岐の空映ゆ

故郷を歩く

もう二度と帰れないとぞ思ひゐし故郷《ふるさと》の道味はひ歩く

枯れ草を燃やす煙ゆ箕《み》をはぜる大豆の音ののどかに響く

「いつの日か解るだらう」の言の葉が母の笑顔とともに浮かび来

夕映えの川土手に立つ大いちやう不動明王のごと手をのべる

ぼろぼろのわれを抱《いだ》きし父の目がふいにたち来る川の夕映え

夕映えに草紅葉もゆる畦道をみどり逞し彼岸花群れ

もみぢしぐるる

常盤木ともみぢの織りなす色の妙しぐるる牧に亡き君しのぶ

ビオロンの音色せつせつ珈琲の湯気の向かうはしぐるるもみぢ

上《うは》書《が》きに消せぬ過ぎゆき窓伝ふ雨の雫にもみぢの滲む

軒を打つ雨の滴のスタッカート牧の館に思ひ出奏でる

思ひ出を放るごと葉を散らしつつ銀杏樹しんと雨にぬれ立つ

老いも死もおそれぬ草木が晩秋の戯《そばへ》に照りて時を華やぐ

十一回夫《つま》の命日十月尽ひとり山野を流離ひなぐさむ

雨粒に撓む蜘蛛の網《い》シグナルの色に染みつつ軒端をゆれる

六年の経ちてやうやう通したる母の形見の指輪をなづる

夕映えの火の見櫓に干されゐるホース五本のしづくが光る

打ちつけに青鷺発ちたる水の輪の右に左に魚影がさわぐ

谷川の堰を落ちくる水音の何やらかろし春の待たるる

穫り入れの塵を焚く火のあかあかし父母なき家が夕闇に待つ

ひさびさに訪ひ来し妹ひとまはり小さくなりて傍《かたへ》に眠る

幼な日に「おねえちゃんでしよ」と諭されて父母亡き今も「おねえちゃん」してる

霜白く朝日に靄《もや》る枯れ野径羊の群れのやうな児《こ》らとゆく

ひとつだけ群れを遅るるランドセルのふくふくほつぺを「寒いね」と撫づ

むらさきの山なみ囲む校庭をぽおんとボールが朝日に上がる

カラオケで「麦と兵隊」歌ふ子に亡き夫重ね飲む缶ビール

雪の大山

新蕎麦をすすり愚痴などこぼし合ひ幾つになりても親子は親子

打ちつけに初冠雪の伯耆富士もみぢの錦まとひ聳ゆる

白妙の芒が原の帯をなす牧にてんてん牛の群れうごく

大山の雪の峰みね神さびて心の闇を瞬にさらへり

大山の芒が原の参詣道廃れし牛舎を霧雨つつむ

魔物めく高き冬波おそひくる白兎海岸吹雪にけむる

渦をまき野面《のづら》かけくる地吹雪を耐ふる芒に亡き母を見る

雪解けの枯れ野の道を群れなしてバイクのおぢさん憤懣吐きゆく

山の辺の道

山の辺の御陵を廻る畦道の十一月《しもつき》の景草もみぢ映ゆ

三輪山をのぞむ山の辺ゆき行かば芒が原に古《いにしへ》の風

纏向《まきむく》の川へ傾るる山の畑皇帝ダリアが紫かかぐ

「古の人の植ゑけむ杉」と詠む人麻呂歌碑に杉の枝《え》ささぐ

鴨群るる池のほとりの坂を越え檜原神社に二上山《ふたかみ》あふぐ

山の三月

残雪の枯野の道を乗客の一人もゐない町営バスゆく

里山の靄る芽吹きの木の吐息こほれる湖《うみ》の雪の肌撫づ

残雪の湖畔ふちどる白樺の枝先ほのと薄紅化粧《けは》ふ

ほの烟る雪解け水のとばしりを木の間の小鳥羽根のきらめく

北風の忘れ物かなハンカチの白きが校舎のポールに翻る

祈り参らす

ひもろぎの立て砂ふたつ置かれゐる参道に平らを祈りつつ行く

袖ひぢてならの小川の禊ぎ水木漏れ日浴びつつ諸手にむすぶ

竹秋の嵯峨野ささの葉さやさやと亡き父母たたせ石畳をさやぐ

鳶二羽のゆうるり輪をかく大原の里の三月金縷梅《まんさく》の照る

わが前を飛び行く鳥こそかなしけれ夭折の子の面影重ぬ

櫻狩りつつ

亡き母の昔語りを返しつつ母の在所の櫻並木ゆく

出雲路の美甘《みかも》の宿《しゆく》の土手櫻はなびら白く花筏なす

小豆島へ

しろがねに若葉きらめく連休を島めぐりつつ寒霞渓のぼる

四《よ》十《と》年《とせ》の経ちて思はるる病むわれを島の巡礼に誘ひし義母を

病む嫁の回復いのる親心四十年のたちありがたさ沁む

守られて今あることの有り難さ車窓の景に過ぎゆきたどる

「二十四の瞳」のロケ地キネマ庵を出づれば平和の黄の花眩し

先生は「大石先生」みたいだと言はれし海辺の教室なつかし

子と歩む夜の突堤あかあかと点すフェリーの澪《みを》の暗波

日曜はことさらさびし梅雨晴の蒜山三座を呼子鳥《よぶこどり》わたる

若き日の気づかぬ幸せ幼な子を囲む家族の団居《まどゐ》まぶしも

子連れなる若者見れば独り身の離《さか》り住む子がまた気にかかる

「助けて」の蛙の悲鳴は河骨《かうほね》の葉陰にのぞく蛇の口先

飛び立つも翅痛めゐるアブラゼミひと声孤をかき草叢に消ゆ

たをやかに連なる山の静寂をよぎりひと声老鶯わたる

ふるさとの川のにほひは幼な日の水浴びの日の記憶ひきよす

死に近き母の遺しし「幸せ」の言の葉にれかむ思ひ出の湯に

生きてゐるただそれだけで幸せと夕焼雲をアキアカネ飛ぶ

前へ前へ後ろは見ない赤蜻蛉コートの襟のブローチととまれ

白秋の町

千町田の黄金の波を舞ふ鷺の羽根白妙に秋の日の映ゆ

ししおどしの響く客間のしづけさを白秋肉声の録音流る

蛇《じや》の目傘貸したるあたりか柳川の柳の根方に紅《あか》きさくら葉

蜻蛉ゆく阿蘇の大鍋草千里花すすきの露朝日にひかる

わがほどの小さき者と言ふ人のかなしみ訪ひゆく火の国の山

（牧水）

大風の過ぎたる静けさ冴え冴えと六連《むつら》の星のわが裡に鳴る

夫の法会終へ

脱穀の塵焼く煙の山道を十三回忌の疲れ放ちゆく

枝先にひとひら留まるさくら葉の緋色が冴ゆる青空に飛ぶ

山の端の燃ゆる落暉に晒されて法会終へたる清しさに座す

ぶらんこの幼きひとりが茜さす牧場の芝に影をゆするも

満天星のもみたふ躑躅のくれなゐが夕影まとひ冷え冷え燃ゆる

落日のもみぢの浄土を亡き人の五人きらきら手を振りゆくも

日光の旅

大谷の川音《と》とどろく夕闇の杉の間のぼる瀧尾《たきを》社めざし

日光は紅葉の盛り「願ひ橋」に霧ふりかかる杉の上より

苔むせる霊廟めぐれば叶杉《かなふすぎ》に打つ拍手の音の続くも

秋の日の輪王寺《りんわうじ》なる相輪樘《さうりんたう》いくさなき世の祈りと聳ゆ

お節にかからむ

恙なく一年《ひととせ》過ごせし幸せを供花飾りつつ墓前に感謝す

独り居の正月準備に倦みをれば手抜きせむかとデパ地下のぞく

打ちつけに大晦日には帰るとの子らの電話に「はて、さて」戸惑ふ

コトコトと鍋蓋をどる湯気のなか父母や祖母らのゐる心地する

半世紀まもり続けし家の味祖母・母立ち居し厨辺思はる

雪原の一本道を後ろ手に媼は屈まり独りを歩み来

哀しみの極みの色の瑠璃の色凍る湖水の雪に口開く

何処から湧き出でたるや点々と春陽《ひ》の雪原を羽虫の列ゆく

勝山ひな祭り

春寒の勝山通り妹と母を語らひ雛を訪ひゆく

ひさびさに妹とゆくひな祭り母の在所に絆たしかむ

軒先の身代り猿に祖母がたつ古雛飾る勝山ひな祭り

さまざまの縮緬小物に囲まれてしばし温もる忙しき体

傘福や手作り雛を展示する蔵の灯《ともし》にみ祖《おや》のけはひ

熊笹の雪に顔出す蕗のたう町屋の展示の背守りの一つ身

花にあらはる

春や春三椏きらめく山の気を尾羽根打ちつぎ鶺鴒の飛ぶ

櫻まつりの賑はひよそに山里の三月梅の花にあらはる

雨の上がり雪消の靄を自転車に梅の香まとひ少女かけ来る

菜の花の風まきおこし一両のジーゼル・カーが梅林よぎる

春の陽の溜池に集ふ水鳥の羽根向き向きに打つ水しぶき

リュック背に花見のシートの青海を亀の姿に坊やが泳ぐ

津山なる歌人柴舟《さいしう》の歌碑を問へど花客みなみな首ふるばかり

鐘つかぬ鐘楼ぽつんと城跡の石垣の上《へ》の花陰に立つ

夫に添ひ子孫と櫻狩る友を咄嗟にさけて脇道に入る

平和への祈り

長崎の出島のすずめも語り継げ過去のあやまちゆめ忘るなと

教会のステンド・グラスの光《かげ》の妙あまたの祈りの顔のたゆたふ

長崎の平和公園平和への祈りの鶴のいろ鮮らけし

爆心の悲惨とどめる天守堂の瓦礫の空をいさかふ鴉

雲仙の旅

初夏の風にざわめく木木の間をあをあを隠しき諫早《いさはや》湾ひかる

島原の半島ゆけばどこまでも石積み上げたる棚田のつづく

地獄などよう見に行くわと言ふ人の眉の翳りをいぶかり見つむ

「喉元を過ぎれば」何とや火砕流の記憶をかへす普賢岳《ふげんだけ》そびゆ

おほやま櫻

萌え出づる落葉松林の黄の風をおほやま櫻の花の雪まふ

朽ち木なる深山隠れの花なれど紅濃き五弁の魂《たましひ》見する

五百歳の女神の宿るさくら樹の樹肌を撫づる力給《たま》へと

風雪に耐へたる命の華やぎを相見ることは命なりけり

梅雨明けの牧

紫の花房ゆすりラベンダーの間《あひ》を子猫の尾つぽが動く

鶏小屋にさつと入り来る雀らに一糸乱れぬ統率のあり

わが顔を見つめる鶏《とり》の強羽《こは》根を抱けば温とし鼓動の伝ふ

訳もなく涙あふるる水色にけぶる通りを乳母車ゆく

ひらく指の一瞬たぢろぐノブの上の雨蛙の眼がまあるく瞠《みは》る

熱帯夜の髪濯ぐ裡を朝刊のぽとつと落ちる音がひきしむ

拗《す》ねもののやうにねぢれる拗花《ねぢ》のさやけきくれなゐ雨に濡れをり

「拗ね坊」と母は呼びたり妹の生まれ三歳さびしき我を

八月の日

宿題に幾度も描きし二上山《ふたかみさん》をさな日のまま朝霧に立つ

夏休みの朝の日課の雑巾がけ母の躾の今はなつかし

猛暑なる八月の日のややかげり木陰に開くオハグロトンボ

いつまでを生きる命か軒先におくれ一輪夕顔ひらく

生きゐる幸せ

もみぢ初むる蒜山三座の中天を老いたる大山《だいせん》神さびゐます

風のごと銀輪光らせ走りすぐる親子の語らひ薄の間《あひ》を

母に似てきたねと言はれ手鏡に愚痴をこぼせば母の答ふる

放牧の草食む牛の無垢な目が生きゐることの幸せ点す

夕もやの野火のけむりの棚田みち明日へ背をおす母なる入り日

池の鯉捕り

池干しの泥に動けぬ俄《にはか》漁師そばをゆるゆる背鰭過ぎゆく

病弱な母ごに生き血をやらむとて彼の日の少年緋鯉を追ひき

子どもらもその親も見えず年寄の網の銀鱗ひんやり光る

大漁を喜び迎へる家族なく薄の風を老いの背下る

汚れるから入るなと言ふ若き声網持つ少年汀にたたずむ

空の青せせらぎのあを夫《つま》の忌の十月尽の陽の白金光

雲かつぐ大山そびらに鳥が山、象山・城山もみぢま盛り

悲しみは年年に深く秋天の芒の原に幻視あそばす

雨の宵「にやあ」と入り来るつぶら眼にお前は誰の化身かと聞く

迷ひ来し子猫を夜ごと訪ねくる雌のらねこをわれしめ出せり

話題なき息子との食卓をとりもてる目の離せない子猫のいたづら

食われゆく子を置きやがて群れとゆくインパラの母をテレビは見しむ

離婚して子を手放したる息子の部屋夜夜のしはぶきいつか消えをり

肉球に頬をなでられ覚める夜半窓の山茶花亡き夫しのばす

家猫に餌を分けもらふ野良の「しろ」親戚顔にこの頃入り来る

わらわらと何かを探す夢に覚め探ししものは亡き夫と醒む

われを追ふ眼差まぶしき彼《か》の日日を独りの旅の夕餉に偲ぶ

もみぢのスカイライン

わが一生《ひとよ》何なしえたるや高原のすすき穂波に来し方晒す

芒野の逆光を来る少年の透く風貫く金のたてがみ

野薊の低く地を這ふロゼットの棘のひかりを冬蝶たはむる

山深き芒の林の日溜りをなごりの虫の幽《ほそ》き音《ね》のせり

もうそんな季《とき》かと耳を澄ます宵祭り太鼓の渓を響き来

積雪を測るポールの準備終へ森はまもなく雪に閉ざさる

霜月の常盤の森のアカタテハ滅びの前の幽《かそけ》き飛翔

落葉松の落葉ふむ路あかねさす葉脈透かす冬日のひかり

夫や子とむかし遊びし泉源原《せんげんばら》夕日の川面を魚影がひかる

高天原に

霧深き神宮の杜朝光《かげ》のかがやく招霊《をがたま》の木に足を止む

大杉をもれくる朝日の金糸銀糸総身にあみつつ煩悩すすぐ

高千穂の河原のがれ場に出合ひたる子鹿の生きの耀くひとみ

霧島ゆ日向へのみち海幸と山幸彦の神話を追ひゆく

皇子原に皇子港へと走りつつ神武東征のまぼろし描く

日南の海の青さよ白雲よ海神の宮はほんにありさう

高校の修学旅行地青島の岸にいざよふ彼《か》のあはき恋

薩摩富士あふぐ

ぴたと地に葉を張り一輪たんぽぽの丈低く照る師走の辻を

足ばやに過ぎゆく師走の陽を浴みてむっちむっちと吊し柿しまる

道端に積まれし袋は灰らしき箒と塵取り老女さげをり

大晦日の南洲墓地の静けさを公孫樹の金の樹雨《きさめ》ふりつぐ

煙吐く薩摩富士あふぐ城山に冬の菜の花身を低く咲く

ずんずんと錦江湾を一筋の水脈の伸び行く明日は新年《にひとし》

冬を越えゆく

積りたる雪の野面《のもせ》のやさしさを転ばす雪玉さびしき影ひく

「かはいさうかはいさう」とふ母の日記おもかげの母今を励ます

薄ら氷《ひ》に積む雪の上を足跡の小《ちさ》きがぽつぽつ冬を越えゆく

雪に煙る山を吹き飛ぶ黒き羽根山姥母子が湯に目を細む

穏やかな幸せそこにはあるやうで日の照る雪峰はるかに望む

春の序奏

過疎の村の郵便配達雪道をはづむ声ゆく赤きバイクに

綿雪を頬かむりする冬木木の春の疾風に吹く雪煙

刻刻と雪のおもての汚れゆく山の出で湯の雪見のにぎはひ

除雪車の積みたる雪のうす汚れ水仙傾ぐ春の愁ひを

高齢者の「憩ひの家」のイベントに「否《いな》」とも言へず雪道出でゆく

お決まりの余興も飽きゆく。世話をする役員も芸人も追ひ追ひ老いゆく

尊厳を保ち滅する、それも良し。ほうけ芒の雪に潰るる

「もう死にたい」の鬱を押しやり今朝の庭斑の土を水仙角ぐむ

辛夷にいこふ

泡立てる雪消の沢の春疾風辛夷日に照る力ある白

茎ながきパンジーの咲く茶房にて渓流隔つ辛夷にいこふ

この年も辛夷に合へる幸せを染みうく手の甲見つつ思ふも

大宇宙の銀河の星のひとしづく辛夷ひとひら渓風を飛ぶ

若草と菜花と川と花と空花見日和をころがる童心

枯れ草の川原を声あげ一心に羽ばたくひばり花霞の空へ

岸近く付かず離れずゐる鴨の二羽が翼を揃へとびたつ

川土手の櫻並木を少女らが歓声ひきつつ自転車にゆく

法然上人の寺に

子への愚痴吹き出でむこと抑へつつ法然上人誕生の寺へ

春雨に濡れつつ手合はす上人の母の銅像いちやうの木陰

勢《せ》至《じ》丸《まる》の修行を祈り石に坐す母の頬打つ芽吹きの小雨

沢道を前ゆく人あり苔の辺を色あたらしき山吹ちれり

葉隠れにしろじろ残る山櫻勢至丸の母の姿をたたす

円錐のうす蒼き杉の山並をのどかに響くツツドリの声

みちのく平泉

月見坂《つきみざか》の案内に混じるお国訛どこか温とし旅情を煽る

金箔と螺鈿細工の金色堂もえ木の木下に芭蕉像見ゆ

百代《はくたい》の過客《くわかく》ひと日を五月雨の降り残してむ御堂を訪ひぬ

「アテルイの宿」の湯囲む水張《みは》り田の畦に林檎の花びらにほふ

義経の終焉の地の藤原郷夕日の池を真鯉あぎとふ

ひたすらに駆けし壮年期古稀を越え山河に言問ふ生きゆく意味を

みちのくの車窓に手合はす震災の一日も早き復興なれと

啄木の故郷の山の岩手山「有りがたきかな」の歌碑の背に望む

たましひの飢ゑを力に歌詠みし啄木たたす岩手の雪峰

朝光《あさかげ》の八幡平《はちまんたい》ゆま向かへば何と雄雄しや南部富士なり

生まれ出づる光ひめたる愛《は》しき芽の柳が雪の壁をけやぶる

御所《ごしよ》掛《が》けの湯に会ふ人はみな美人　絣のもんぺの訛にぎはふ
　　われと向き合ふ

十四年たちて夫と暮らしたる宇多津をめぐりわれと向き合ふ

満ち潮のひだ波ひたひた押し寄する干潟を動かぬアオサギの首

河口へと満ち来る潮のいや増しに夫《つま》との三十年《みそとせ》さえざえ返る

思ひ出は階あがる音右足を少し引きずる夫の靴音

マンションの五階の夕窓ほほづきの朱《あけ》に包《くる》まる彼《か》の日の家族

秋ならむとす

採らぬまま朽ちゆく畑の茄子や胡瓜お天道様が嘆き影おく

森をゆくバック・ミラーの木下闇鎮もりがたき物の怪蠢く

猪よけの電流めぐらす稲田道ミラーを猫が打ち付けによぎる

蕎麦蒔かむとトラクター耕す黒ぼこを飛蝗おひゆく鶺鴒三羽

山畑を鮮やぐ桔梗に女郎花、竜胆見れば秋ならむとす

命継がむと

あかねさす照葉の緑陰ひるたけて夏の名残を親子の遊ぶ

シーソーに同じ形の旋毛《つむじ》もつ坊やとパパの声のキャッチ・ボール

ぬばたまのオハグロトンボ初秋の風の厩舎の方陰をひかる

去年《こぞ》の秋一羽となりし丹頂が番《つがひ》となりて二羽の子はぐくむ

プラチナの秋日を透かす楓《ふう》の葉の互《かたみ》に占めたる位置の確かさ

葉もれ日の踊るベンチにふりそそぐ命継がむと鳴く蟬しぐれ

マグマ

吐き出せば積みしストレス消ゆるべし地球のマグマの薄皮歩む

胸底にマグマを燃やし生きゆかな足《あ》裏ぶつぶつ地獄のいぶき

有珠山《うすざん》の噴火まざまざ体験し館《やかた》出づれば洞爺湖《とうやこ》の澄む

妹を悼む賢治の旅の詩碑有珠山のぞむ噴火湾の辺に

岩崩《いはく》えの悔ゆる思ひを草枕ひととき忘るる道南の旅

オータム・フェスタ

うらぐはし雲間降りくる日の脚の太くななめに日本海を照る

夕映えの積丹岬《しやこたん》おし寄せる鰊の夢か群れ鷗さやぐ

蔦もみぢの倉庫洩れくるバイオリン小樽運河の旅愁を煽る

独り身のぽつねんと座す湯の宿をスーパー・ムーンの光《かげ》渡りゆく

「オータム・フェスタ」札幌通りの賑はひを焼き玉蜀黍の匂ひと歩む

寒中を五センチのびる水仙の黄のいろ今朝の淡雪に透く

白埴《しらはに》の壺めく球根霜柱に出であからひく朝影に映ゆ

川土手の斑《はだれ》の芝を霜焼けのオホイヌノフグリ藍を潤ます

薄ら氷のくづるる淀ぬれごろも夕日に浮かぶどんどの橙

春立つけふの

初雪に一歩しるさむ門先をかけゆく靴跡新聞受けから

何となく「けんぱ、けんぱ」とそぞろゆく春立つけふの淡雪の道

目鼻口みな風化せし石塊《くれ》の山上権現ちかぢかをろがむ

境内に浦安の舞奉じたる小学生のわが姿たつ

良寛様の寺

花の咲き人の訪ふにや円通寺《ゑんつうじ》静けき庭を苔水の音

きさらぎの風にカラカラ風車《かざぐるま》菜花黄にてる寺の畑を

水島の工場の煙たなびきたる春のうちうみ霞む四国嶺《ね》

口の形《かた》「あ」「うん」二体の羅漢さま手合はす傍を福寿草ゑむ

木木の間《ま》を呼び交しつつ飛ぶ声のここだもさわく良寛の寺

（本歌取り）

山の三月

半世紀たちて訪ひたる古里の旧街道の山の三月

幼な日の甘酒祭りの友の顔思ひ出しつつ祠に詣づ

半世紀前の彼《か》の日を訪ひゆけば神宮園地は雑木木の中

廃れしまま雑木にうもるる大神宮みなし子のごと忠魂碑たつ

友らみな都会に出でて半世紀溜池をゆく鴨の二羽あり

赤錆の屋根に昼餉の煙たつ捨てられし亀の岸に浮き出づ

鶯の朝のトンネル

鶯の朝のトンネル速歩ゆく昔あそびし鎮守の森の

歳月に風化はげしき道しるべ旧街道の旅路のよすが

何の苦もなかつたなあと幼な日を返しつつ行く若草の野辺

乳塚《ちづか》へと山道たどればうつせみの身に子を思ふ母の声わく

木漏れ日の陰の冷えびえ道祖神追ひはぎ出でし伝へのよぎる

雨露にきらめく雑草《あらくさ》わけ入ればもこもこ狸の逆光をくる

打ちつけに溜池をたつ鴨一羽あと追ふ一羽は番《つがひ》の雄か

胸裡の暗雲はらはる山菜の籠かかへくる媼の笑顔

しんしんとエゴの花ちる山道の斑《はだれ》の木漏れ日ベニシジミ飛ぶ

蛍狩り

ゆふばふる渓のさざ波ささがにの雲間をわたるほととぎすの声

雪洞をともす祭りの屋台ぬけ古里の渓に蛍狩りゆく

ぬばたまの渓の夕闇うちつけにカジカの声のしじまを響く

瀬音とよむ渓のくら道幼な日の螢狩る夜の父母のまぼろし

祈りに

ワニの背とふ岩にくだける白波の白兎《はくと》海岸ネムの花さく

大国主《おほくにぬし》と八上《やがみ》の比売《ひめ》の縁結び白兎神社に子の幸祈る

平和への祈りに埋めし銅剣の三百五十八本荒神谷《かうじんだに》に出づ

負けただけ悪《わる》の鬼ではなかりしと「温羅《うら》ぢや」の祭りに吉備もりあがる

七十年たちて原爆投下せし国の元首が被爆地を訪ふ

山青垣に風わたる

たたなづく山青垣に風わたる三輪の夏越《なごし》の神事に額づく

（本歌取り）

松と杉と榊の茅の輪くぐりぬけ大神神社《おほみわじんじや》のお神酒《みき》に息つく

田の畔《くろ》の薊むらさきあさつゆの命の今を大事に生くべし

とぶとりの明日香の青田の白鷺に額田王《ぬかたのおほきみ》たたせ一服

雨後《うご》の夕べ願ひをこめて飛鳥寺の梵鐘ひとつ　余韻にひたる

梅雨晴の墨絵ぼかしの初瀬《はつせ》山観音様の目に安らぎぬ

刈り残す女郎花の間《ま》を丈ひくくわが種遺さむとヒメヂョヨヲン咲く

きぬぎぬの蝶を見送る月見草つゆに濡れつつ霧を点しぬ

生きるとはと悩み歩めば葦の間に子らおき親鴨バタバタと発つ

細首の白埴の壺よ白鷺の嘴の間ひかる小魚《いを》の鰭が

ひび割るる土用干し田を水口ゆどつと用水音たて入りゆく

月草に露ともる土手虫取りの網と虫籠朝日に現はる

朝日の稲田道

埴輪めくわが影ふみゆく稲田道畔の小草も実の色の映ゆ

昇る日にきらめく川面《かはも》小虫らのたつる泡《あぶく》を鮠の影ぬふ

朝靄の山の端《は》ほんのり紅をはき穂孕みの田を白鷺の飛ぶ

この村に生れ農事に老いづけるやっちゃん今朝も田水を目守《まも》る

あかねさす朝日の稲田雨に見ぬ三日の内に彼岸花咲く

あさなさな亡父の歩きし山裾を歩めば父の思ひ立ち来る

こぼれ種の朝顔彩《いろ》ふ山畑に茄子や胡瓜を捥ぐ子の笑顔

初冬の森の

ドアの外の大山ま冬ふるへつつ路傍にあがなふ大根一本

散り急ぐ楓もみぢの木漏れ日に染みつつもとほる森林公園

黄落《くわうらく》の山毛欅の林の明るさをひとり熊除《よ》け鈴の音とゆく

たまぎぬのさゐさゐしぶく滝水の岸辺に残る竜胆二本

打ちつけに目に入る沢のトリカブト北岳ガレ場の君を立たせる

母あれば決して飼へざる猫ならむ拭けども拭けどもまた足の跡

キッチンのドリンカー睨むこの眼《まなこ》、寅猫「風子」はもしや母かも

焼酎の残るコップを舐めてゐる雄猫「魑魅《ちみ》」は父やもしれぬ

父母に似ぬ子と言はれしを父母逝けば母似と言はれ父似と言はるる

寂しさや左右に猫だき眠る夜の夢に父たち母が微笑む

雪の日の過疎の山里目覚むれば炬燵に狸の二匹がまるまる

雪雲の低く垂れ込む「道の駅」ビタミン菜とふ明日を購ふ

雪のわが誕生日

あをあをと望月てらす新雪を一歩踏み出づ子を待ちがてに

どこにゐても父は忘れず「おめでたう」の電話くれたり十年前まで

大雪のわが誕生の同時刻叔父が戦地に命散らせり

大切に育てくれにし父母の恩月の新雪ふみしめ偲ぶ

雪に折れ凍《こご》ゆる莟の水仙を厨に活ければ闇に香ただよふ

雪警報の続く山里

四尺の雪に吸はるる真庭《まには》路は音無く色無く朝日に映ゆる

日の差せばフロント・ガラスを百匹の雪の海月の涙滴る

幼児らを橇に遊ばす若夫婦ロビーの椅子に羨しと眺む

思ふやうにならぬ人生の瞬の間を「自分に負けるな」褒美の大山

風邪に臥すわが両脇にねむる猫朝な夕なに餌を欲り頬する

沈む日の染める襖のばら色にあはき影よす庭の侘助

巣穴出で春陽に寛ぐヌートリア足《あ》音に飛び込む薄ら氷の川

縁側の日向にしんと向ひ合ふむかし贈りし父母の籐椅子

辛夷は見えず

四月なればそぞろ恋しく来《こ》し渓は山眠りをり辛夷の見えず

白骨のやうに立ちゐる木木かこむ根びらきの気が心弾ます

雪解けの濃霧に覆はるる渓流を百のたてがみ白馬押し下る

背丈こす除雪の雪の壁を分け松の若木が明日を手さぐる

湧き水にしめる石段《きだ》あかねさす菫むらさき故なく淋し

たはむれに投げたる病葉ゆうるりと淵を廻りて早瀬にのり出づ

さつきやみ小暗き渓を響かせて蛙鳴くなり物憂き午後を

億年の流れに開く甌穴に愚痴をこぼせば亡き父母のたつ

つつがなく迎へる春の喜びよ赤和瀬渓に来て逢ふ辛夷

青き湖《うみ》ひかる芽吹きの風の声「生きてゆくんだ、それでいいんだ」

星屑と辛夷きらめく渓道を老いたる農夫のトラクター来る

二上山に

早苗田の棚なす鉢に降りそそぐ六月の日と老鶯の声

水張り田に薊かげおく畦道を案内するがに揚羽とびゆく

マタタビの白葉の照りに思ひ出づ南窗師との吟行のバス

十六年ぶりの大杉見上ぐる時夫《つま》との行脚がフラッシュ・バックす

夫の死の直後参りし大師堂十六年の時空《から》回る

石楠花の縁取る境内あの時は斑の雪を落暉そめをり

「この味」と彼《か》の日もどりく部活終へ彼とりくれし屋根上のスモモ

三歳の孤愁の記憶祖父逝きし夕日の畑に落ちゐしスモモ

伐り残す垣根の茶の木大鍋に煎りゐし祖母の姿たちきて

塀に上がり食らひし茱萸の木なくなれど古里の庭をちこち芽の吹く

父さんと行つたあの山

朝なさな下り立つ庭の朝霧を起床ラッパのごと笑む朝顔

「父さんと行つたあの山どこだつけ」子の思ひ出のキャンプ地を訪ふ

トンネルに入れば思はるるいつの日かこの胸の闇晴るる日くるやと

稲妻のピカに一瞬原爆の投下思はれ背筋の凍る

富士山と見紛ふ大山山容をますぐに仰ぎ参道上る

上寿の祝

岡本師の上寿祝へ涼風と伯備線ゆく幸せ面面《おもおも》

比庵師も南窗大人《うし》も眺めしと思へばなつかし車窓の山川

「比庵晴れ」車窓の前方鏡なす川面に映ゆる高梁の町

宴の果てなごり惜しみつつ佇みゐる一人一人に配る師の目差

出雲路を

うさうさを忘れむと行く出雲路を母逝きし日のあの木犀の香

鳴る石の浜に丸石拾ふ子に「まあるくなれよ幸せつかめ」

参道をゆけば聳ゆる剣が嶺「尖つて生きよ、丸くはなるな」

橅森の底ゆ湧き出づるイオン水五臓六腑を潤しいやす

羊雲流れる稜線北壁に夫と登りし穂高を重ぬ

秋の日の川土手

秋の日の水《み》の輪の影這ふ川を疾く鮠のゆくなり藻陰ゆ藻陰へ

川岸をぽちやんと生きの音のこし小亀が青きせせらぎに入る

虫の音の山裾の道十月の雑木を覆ふウスバシロテフ

明日の命知らぬ長茄子あかねさす秋日の畑にひようろり影おく

「生きゆくに言訳いらぬ」 月草のはなだの空に山羊草を食む

今のこの時をと耕す媼の畑たれも捥がざる熟れ柿かがよふ

さつき川に戻したる亀が口を開け夕日の路上に骸《むくろ》と転ぶ

秋日に手をふる

早川のゆく新庄村みまさかの杉の美林をダケカンバ映ゆ

小春日の群青ふかき新庄川いそのかみ降る樵の葉こがね

山肌を鯨の雲の影が這ふ不意に影追ふ幼なのまぼろし

木枯しの風にはらはら落葉の後先のあり秋日に手をふる

片恋の人住みゐたりし廃屋のツルウルシの紅心にささる

星空のロマン

わが町の天文台に望む宇宙まづはシリウス、オリオン星座

終焉に臨む定めの昏き紅《かう》オリオン星座のベテルギウスよ

『名月記』に定家しるしし超新星爆発の光今《くわう》網膜に

二百万光年むかしのアンドロメダ地球の命の儚さ知らしむ

爆発の塵は時かけ星となる清少納言の愛《め》でたる六連星《むつらぼし》

千年はほんの一瞬昴《すばる》愛づる清少納言を身近に感ず

いつの日か火星探査の基地ならむ月の兎の洞穴はどこ

農地と水守る山里日曜の夜明けをちこち呻く草刈機

「いつまでもいつしよにゐるよ」と言ひし母入り日の土塀を山茶花ゆるる

七草つまむと

七草の粥の七草買ひ忘れ七草つまむと斑の畔ゆく

セリ、ナヅナ、オギヤウ、ハコベラ、ホトケノザ買ひ置きあるはスズナ、スズシロ

用水に春待つ親子のヌートリア曼珠沙華の葉夕日にきらめく

かぎろひの春は名のみの一月六日子らに見せむと七草探す

スーパーのパックの七草うかべつつ芹の香染むる指に息かく

ぺんぺんは撥《ばち》と気づきぬ枯れ茅《ち》の間種かかげ立つ薺ぬく時

御形《おぎやう》はと図鑑開けば母子草ままごと遊びの緑の野辺たつ

去年《こぞ》の春散歩路に見し仏の座花はなくとも葉に覚えあり

薄ら日の畔の斑をそにどりの青の一輪オホイヌノフグリ

ゆふされば鈴菜の葉につむ凍て雪のいたく寂しき音に崩るる

（本歌取り）

芹・薺・鈴菜・蘩蔞《はこべら》・仏の座、蘿蔔《すずしろ》きざみいざ粥作らむ

大雪に籠もる夕べをとろとろとポトフの鍋に鈴菜とけゆく

熊野古道

ひゅうとなる肺腑の叫び十年《ととせ》ぶり熊野古道の石段《きだ》上る

竹杖を差し出しくるる下山の人老い受け入れん七十三歳

神官に古道は黄泉路と教へられ無言の幽き笑顔しのびぬ

大杉の東風《こち》にさざめく熊野道「すまぬすまぬ」と青岸渡寺へ

何もかも知りゐて黙しし父ならむ守られわれは幸せなりき

補陀落やも少しこちらで頑張ります青岸渡寺に那智滝仰ぐ

京の妙心寺

春浅き阿吽の庭の白砂を赤松の影掃くがに揺るる

緋毛氈に眺むる侘庭苔むせる猿戸を常盤の葉風のゆする

謝れば共に泣けしを春嵐に幹うち交す竹の鳴る音

禅寺の枯山水の手水鉢もみぢくれなゐ氷に閉ざさる

東海の白露地の庭子を泣きつつ白装束にゆく父母が立つ

はや十年昨日のごとく偲ばるるこの耳かきを父母に買ひしが

法堂《はったう》の堂内めぐれば天井の雲龍の目がじじつと付き来る

ゆめ忘れまじ

村境の峠の塚は後醍醐の帝《みかど》を追ひし女人の墓とぞ

負けたれば罪人となるが　政《まつりごと》　流刑地隠岐へのこの出雲道

田の畔に埋もれし塚は後鳥羽院の流刑途上の妃《ひ》の墓なりき

境内の櫻は若木息子らは児島高徳の名も詞も知らぬ

みぎひだり世は移ろふもいつの世もゆめ忘れまじ不戦の誓ひ

あとがき

この歌集は、平成二十二年一月から三十一年四月までに発表した、およそ千首余りの短歌の中から、砂子屋書房の田村氏に約六百首を選んでいただき上梓した、私の第二歌集です。

父母の三回忌、夫の十三回忌の法事を前に、砂子屋書房からのお勧めもあり、思い切って第一歌集『櫻吹雪』の出版に踏み切った。それからいつかもう十年、今年の秋には父母の十三回忌の法事を行う運びとなった。それを機に、また、第二の歌集をと思い立った。

実際、父母亡きあと、しばらくは、田舎の古屋に独りぼっちとなり、だんだんと、それまで張りつめてきたものが崩れるように、時折、何のために生きるのかと、無性に人生が虚しくなった。

そんな時、私は外に飛び出した。周りは里山。殊に大好きな場所は、山や森の岨道。四季折々の渓流のせせらぎ。また、時には息子が旅に誘い出してもくれた。ふっと心の憂さが晴れたものだった。その都度、感じたことを手帳にメモした。それが後で短歌になった。私は以前から童話や児童向けの物語も書いている。そのモチーフに、プロットにもなっているのだった。

そうしてまたここに、歌集『渓のせせらぎ』として集約することができた。その中の短歌の大かたは、麓短歌会同人誌「麓」に掲載されたものである。これまでお導き下さった麓短歌会の諸先生方、歌友の方々のお力添えあっての賜物と思う。心から感謝申し上げます。

そして、この第二歌集『渓のせせらぎ』の出版にあたっては、砂子屋書房の田村雅之氏には、そして装本の倉本修氏にも、今回も大変お世話になった。厚く御礼申し上げます。

平成三十一年四月三十日

川島英子

渓のせせらぎ　川島英子歌集

二〇一九年六月二一日初版発行

著　者　川島英子
岡山県久米郡美咲町打穴中一六四（〒七〇九―三七〇三）

発行者　田村雅之

発行所　砂子屋書房
東京都千代田区内神田三―四―七（〒一〇一―〇〇四七）
電話　〇三―三二五六―四七〇八　振替　〇〇一三〇―二―九七六三一
URL http://www.sunagoya.com

組　版　はあどわあく

印　刷　長野印刷商工株式会社

製　本　渋谷文泉閣